Jean-François Dieudonné de Maucomble

# Description historique et abrêgée des antiquités de Nîmes

Antigonos

Jean-François Dieudonné de Maucomble

# Description historique et abrêgée des antiquités de Nîmes

Réimpression inchangée de l'édition originale de 1839.

1ère édition 2024  |  ISBN: 978-3-38605-737-0

Antigonos Verlag est une marque de Outlook Verlagsgesellschaft mbH.

Verlag (Éditeur): Outlook Verlag GmbH, Zeilweg 44, 60439 Frankfurt, Deutschland
Vertretungsberechtigt (Représentant autorisé): E. Roepke, Zeilweg 44, 60439 Frankfurt, Deutschland
Druck (Imprimerie): Libri Plureos GmbH, Friedensallee 273, 22763 Hamburg, Deutschland

# DESCRIPTION
## *HISTORIQUE*
## ET ABRÊGÉE
# DES ANTIQUITÉS
## DE NISMES,

### *OU*

*Indication remarquable pour les Étrangers, enrichie d'un grand nombre de Figures en taille-douce, représentans les divers Monumens de cette Ville, ainsi que tous ceux qu'on a trouvés sous les ruines de son enceinte.*

## PAR M. MAUCOMBLE.

Derniere édition, revue, corrigée & augmentée de la Description & du Dessin du Pavé Mosaïque découvert en 1785.

---

### Prix 48 sous broché.

---

## A NISMES,
Chez BUCHET, Libraire, Hôtel Valansolc,

---

## M. DCC. LXXXIX.

On trouve chez le même Libraire la Collection des Antiquités gravée en taille-douce, qu'il vend féparement.

| | |
|---|---|
| La Tour Magne. | 3 liv. |
| Maifon Carrée | 3 |
| Temple de Diane , | 3 |
| Amphithéâtre | 3 |
| Pont du Gard | 3 |
| Vue de la Fontaine de Nifmes, & du Jardin Royal | 1 4 |
| Pavé Mofaïque découvert en 1785 enluminé | 3 |
| Vue de l'affemblée des Proteftants de Nifmes. | 12 |
| Collection d'Eftampes des Antiqui-tés Romaines, par Menard, 1. vol. *in-4<sup>e</sup>*. rel. | 72 |

# DESCRIPTION

## DES ANTIQUITÉS

## DE NISMES.

## I.

### *Du Pont du Gard.*

E Monument * conſtruit ſur la rivière du Gard , ou Gardon , à trois lieues au nord-eſt de Nîmes , entre deux montagnes eſcarpées , porte à ſon ſommet , de ni-

* *Figure 6.*

veau à celui de ces montagnes, l'Aqueduc qui conduifoit à la Ville les eaux
des fontaines d'Eure & d'Airan. Cet
édifice de 24 toifes de hauteur, eft
compofé de trois rang d'Arcades à plein
ceintre, élevées les unes fur les autres.
Le premier Pont a 83 toifes de longueur
& 10 toifes 2 pieds de hauteur, depuis
la fuperficie de la rivière jufqu'au haut
de la cymaife   il eft formé de 6 Arches, dont la cinquième, fous laquelle
paffent les eaux de la rivière, eft de
13 toifes d'ouverture ; les autres en ont
un peu moins. Les cinq piles qui portent les 6 Arches, ont chacune 3 toifes de largeur & 2 toifes 1 pied 6 pouces d'épaiffeur en façade. Le fecond Pont
a 11 Arches de la même largeur que
celles du premier, dont les piles fervent de fondement à cinq des fiennes.
Il a 10 toifes de hauteur depuis le deffus de la cymaife du premier Pont, jufqu'au deffus de celle qui le couronne :

ſa longueur eſt 133 toiſes 2 pieds. Enfin, la hauteur du troiſième Pont, depuis la cymaiſe du ſecond juſqu'au-deſſus des dalles qui le couvrent eſt de 4 toiſes ſa longueur eſt de 136 toiſes 3 pieds. Il eſt formé de 35 Arches, dont les piles ont une toiſe 2 pieds d'épaiſſeur en façade. L'Aqueduc avoit 4 pieds de largeur & 5 de hauteur dans œuvre. Ses murs latéraux ſont larges chacun de 2 pieds 6 pouces. Il eſt couvert de dalles ou pierres plates d'une ſeule pièce, qui laiſſent une ſaillie d'un pied. Ces pierres ſont jointes enſemble par du ciment. Le fond de l'Aqueduc eſt un maſſif de rocailles mélées avec du gravier & de la chaux. Le dedans eſt enduit d'un ciment recouvert par une peinture de bol rouge.

Cet édifice eſt d'ordre Toſcan. Il eſt bâti en pierres de taille, poſées à ſec, ſan- mortier ni ciment. Les plus fortes conjectures l'attribuent à Agrippa, ſur ce qu'il s'étoit acquis le titre de *Curator perpetuus aquarum* , & qu'il eft vraifemblable qu'il a voulu le mériter d'une Colonie , dont il étoit pour ainfi dire , le Patron.

L'on ne doit pas omettre de dire ici que l'Abbé Follard , Chanoine de l'Eglife de Nîmes , avoit fabriqué une infcription par laquelle il rapportoit la conftruction du Pont du Gard à Antonin Pie. Plufieurs perfonnes ont été la dupe de cette fraude littéraire  mais elle a été pleinement reconnue , & M. Ménard l'a entièrement réfutée.

Vers le commencement du XVIIe fiécle on avoit voulu faire fervir cet édifice au paffage des voitures fur le Gardon , & pour cet effet on avoit échancré les piles du fecond Pont , & l'on y avoit pratiqué des encorbeillemens qu'on avoit munis d'un garde fou. Mais comme l'on reconnut que la ruine du bâtiment pouvoit s'enfuivre , l'Intendant de Bâville le

pl. 2e
fig. 7
8

fit réparer , d'après les avis & les foins des Architectes d'Aviler & de Laurens; & l'on ne laiffa plus qu'un petit chemin pour les gens à pied & à cheval. L'on fentoit cependant tous les jours de plus en plus , qu'il étoit abfolument néceffaire d'établir un Pont fur la riviere. Les États de la Province délibérerent enfin le 22 Janvier 1743 , d'adoffer un fecond Pont au premier. Ce projet , que l'on commença d'exécuter au mois de Juin de la même année , fut achevé en 1747.

## I I.

## *De la Tour Magne.*

L A Tour Magne * , eft ainfi nommée , parce qu'elle étoit la plus grande

* *Fig.* 7 & 8.

des tours qui flanquoient les murs de la Ville. Conſtruite en maniere piramidale, elle avoit 7 faces par en-bas & 8 par en-haut. Les 3 premieres faces d'en-bas ont chacune 5 toiſes de long, avec une croiſée feinte de 1 toiſe 5 pieds de profondeur & de 1 toiſe de hauteur ; la quatrième & la cinquième ont 8 toiſes ; la ſixième 3 toiſes 3 pieds ; & la ſeptième 5 toiſes 3 pieds de long. Les huit faces d'en-haut, ont chacune 2 toiſes 5 pieds. La circonférence de cet édifice priſe par les faces d'en-bas, étoit de 40 toiſes 5 pieds ſur un diametre de 13 toiſes 3 pieds 8 pouces. La circonférence du ſommet étoit de 17 toiſes 5 pieds, & le diametre de 6 toiſes. Sa hauteur, qui n'eſt aujourd'hui que de 13 toiſes, étoit de 19 toiſes 3 pieds. Toute l'Architecture eſt d'ordre Dorique.

Les diverſes conjectures ſur la deſtination de cet édifice, ſont : 1°. Qu'il étoit le Mauſolée des anciens Rois du Païs ;

Païs ; & l'on appuie cette opinion fur une infcription fépulcrale , qu'on dit avoir été trouvée dans fes environs. 2°. Qu'il fervoit de Phare pour l'embouchure du Rhône , en fuppofant que la mer venoit jufqu'à Nîmes. 3°. Que fi c'étoit un Phare , il n'avoit été conftruit que pour guider pendant la nuit les Voyageurs de terre. 4°. Qu'il étoit l'*Ærarium* de la contrée , dont Nîmes étoit la Métropole. 5°. Qu'il fut confacré à l'Apothéofe de Plotine. 6°. Que c'étoit un Temple des Volces. 7°. Qu'il faifoit partie des murs de la Ville ; & qu'outre fon objet de défenfe , on peut le regarder comme propre à porter des fanaux pour donner des avis aux bourgades voifines.

# III.

## *De la Porte de France.*

DE dix Portes bâties par les Romains, il n'en refte qu'une * ,vulgairement appellée Porte de France ; mais que l'on trouve dans des titres anciens fous la dénomination de *Porta cooperta* , *Porte couverte.* Elle étoit flanquée de deux Tours rondes, couronnée d'une attique , qui étoit ornée de 4 pilaftres terminés par un petit entablement. Les pierres des pieds droits, ont environ 2 pieds de haut d'affife & 3 pieds de long , fur 3 pieds à 3 pieds & demi de large. La Porte a deux toifes de haut jufqu'à l'impofte , & 2 toife de large.

    * *Figure* 2.

fig. 10

11

13

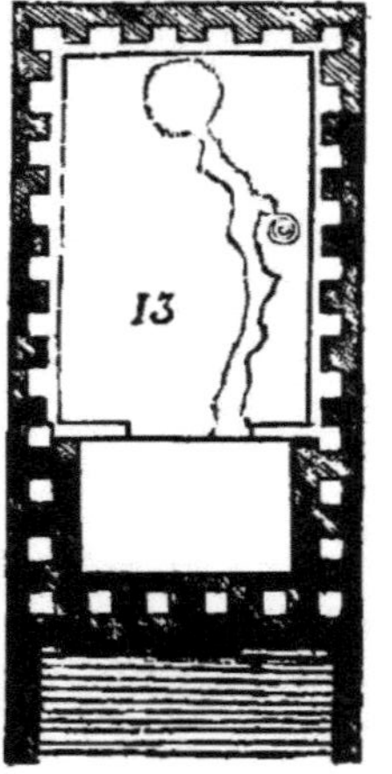

12

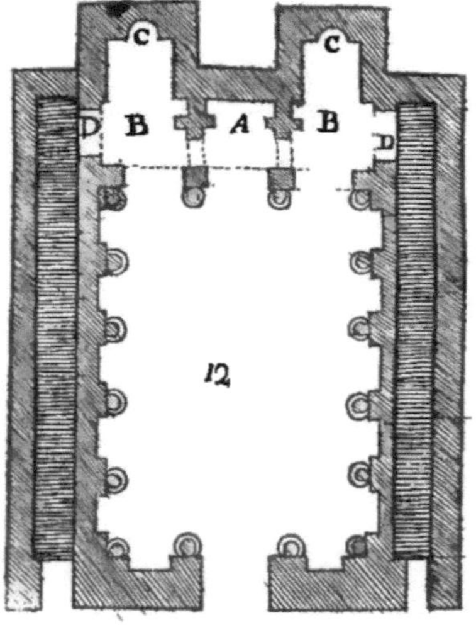

## I V.

### *Des Statues Cariatides.*

VERS les Arénes, on trouve au coin d'une rue une Statué , que le vulgaire nomme l'homme aux quatre jambes. * On reconnoît aifément à l'infpection de cette Statue, que la tête a été faite après coup, & que le corps eft une bafe de colomne également rapportée. La partie inférieure étoit fans doute celle d'une Statue Cariatide , à qui l'on avoit donné quatre jambes , pour exprimer la force du bâtiment qu'elle avoit à foutenir. Les figures 4 & 5 , ne peuvent qu'être des Statues du même genre. L'une eft contre le mur extérieur de la porte de la Couronne & l'autre au dedans. Il y a encore une

* Figure 3.

Statue perfique *, qui, comme l'on fçait, fervoit au même ufage que les Cariatides, que l'on voit à la porte d'entrée d'une maifon en face de l'arcade de l'Hôtel-de-ville.

## V.

### *Du Temple vulgairement nommé Temple de Diane.*

L'ON a d'abord attribué la dédicace de ce Temple ** à Vefta; mais fa forme carrée, oppofée à la conftruction fphérique des édifices confacrés à cette Déeffe, détruit cette opinion. Enfuite, fur ce qu'il étoit voifin de la fontaine, & que dans les environs de la Tour Magne il y avoit autrefois des bois & des bruyeres, l'on prétendit que c'étoit Diane que l'on y adoroit; mais ce fentiment tombe par le point même où l'on voudroit le

* Figure 22.
** Figure 9.

foutenir , puifque les bois voifins de la Tour Magne auroient été très-éloignés du Temple. Palladio l'attribua aux Divinités infernales , fuppofant que long du frontifpice il regnoit une cour formée par un mur contigu qui n'avoit point d'ouverture ; ce qui eft faux dans le fait. En commentant l'opinion de Palladio , Rulman foutint que cet édifice avoit été confacré par Adrien aux mânes de Plotine , & que l'on y facrifioit aux divinités infernales il s'appuye fur un fait encore auffi faux que le précédent ; c'eft qu'il fuppofe que le Temple étoit bâti bien avant dans la terre , & que l'on y defcendoit à la manière des Temples infernaux. J. Deiron prétendit que ce Temple avoit été dédié à Ifis & Serapis , fur un fragment d'infcription où l'on trouve ces mots

*Item dedicatione Templi Iſis & Serapis.* Mais le commencement même de ce fragment d'infcription , fi l'on veut l'appliquer à ce Temple , fait naître l'opinion qu'il étoit un Panthéon. On y trouve I̅s̅i̅s̅...... *Serapi̅s Veflæ Dianæ Somni*

Ceux qui veulent que Nemaufus ait été adoré dans ce Temple , fe fondent fur ce qu'il eft à préfumer que la principale divinité de la Colonie ait eu la première place dans un Temple où toutes les niches que l'on y trouve prouvent que l'on y facrifioit à tant d'autres.

Cet édifice * eft d'ordre Compofite. Il forme un vaiffeau de 7 toife 3 pieds de longueur , de 4 toifes 5 pieds 3 pouces de largeur , & de 6 toifes 1 pied 6 pouces de hauteur. Il eft vouté ** en forme de tonne & couvert de dalles. La voute étoit portée intérieurement par 16 colonnes *** au haut defquelles regne une corniche dentelée. Chaque mur latéral contient 5 niches ; & il y en a une de chaque côté de la porte

* *Figure* 12.
** *Fg.* 10 & 11.
*** *Figure* 12.

pl. 3.e
Fig. 9.

d'entrée. La principale divinité étoit placée dans le fond du Temple, vis-à-vis de la porte d'entrée dans un réduit (*a*) formé par 4 pilaſtres, dont deux regardoient l'entrée, les deux autres étoient ſur le derriere à 3 pieds de diſtance des premiers. Deux autres pilaſtres étoient à l'extrêmité de la même ligne de ceux qui étoient à l'entrée du réduit &, contre chacun de ces 4 pilaſtres, étoit une des ſeize colonnes du Temple. A chaque côté de ce réduit il y en avoit deux autres (*b*) de 1 toiſe 1 pied 3 pouces de large, & de 1 toiſe 4 pieds 11 pouces de profondeur, au fond deſquels étoit un ſoupirail (*c*) qui pouvoit ſervir, ou à laiſſer exhaler la fumée des victimes, ou à rendre des oracle. Les plafonds de tous ces réduits étoient ornés avec beaucoup de délicateſſe. Le pavé étoit en Moſaïque, & le Temple étoit éclairé par une fenêtre de 2 toiſes de hauteur ſur 2 toiſes 2 pieds

3 pouces de largeur , placée audeſſus de la porte dont les dimenſions étoient 3 toiſes 2 pieds 3 pouſes de haut , ſur 1 toiſe 5 pieds 3 pouces de largeur.

A chaque côté du Temple il regnoit une galerie couverte , de 9 toiſes 10 pouces de long & 1 toiſe 1 pied 1 pouce de large. L'une & l'autre aboutiſſoient par une ouverture en arcade aux reduits (*d*) ; il y avoit une cour annexée à chacune de ces galeries. L'une ſervoit ſans doute de retraite aux victimes deſtinées aux ſacrifices , & l'autre communiquoit du Temple à l'appartement des Prêtres. Chaque galerie * étoit couverte d'une voute en forme de tonne , diviſée en trois parties  la première étoit au niveau de celle du Temple , la ſeconde étoit plus baſſe d'une toiſe , & la troiſième avoit à-peu-près la même inclinaiſon. Des dégrés de grandes pierres plat-

* *Figure* 11.

pl. 5
fig. 14

* formoient une pente aisée qui con-
duisoit vers l'Autel.

# VI.

## *De la Maison Carrée.*

LEs sentimens ont été long-tems par-
tagés sur la destination de cet édifice **. Les uns en faisoient un Capitole ou maison Consulaire ; les autres
un Prétoire ; d'autres vouloient que ce
fût la Basilique de Plotine. Enfin , M.
de Seguier a décidé la question , en rap-
portant sur un papier les trous formés
dans la frise & l'architrave , pour y
placer des crampons de lettres de métal.
Il suivit les indications de ces trous &
quelques traces de lettres qui étoient
restées sur le mur. Il sut distinguer les

* *Figure* 12.
** *Figures* 13 *&* 14.

C

trous qui avoient été faits mal-à-propos
par l'ouvrier , & devina ainfi l'infcription fuivante , fur laquelle fa favante
differtation n'a laiffé aucun doute.

*C. Cæfari Augufti F . cos. L. Cæfari Augufti . F . cos defignato*
*Principibus juventutis.*

Il eft donc certain aujourd'hui que ce
Temple a été confacré à Caïus & à Lu-
cius , fils adoptifs d'Augufte & Princes
de la Jeuneffe , l'un étant Conful &
l'autre Conful défigné.

Ce Temple a 30 colomnes canellées
d'ordre Corinthien , dont les chapiteaux
font à feuille d'olivier. La frife & la
corniche font fculptés avec une délicatef-
fe infinie. Il regne autour des colomnes
un foubaffement qui a été réparé. Au-
devant du bâtiment l'on trouve un grand
veftibule * qui a 6 colomnes de face ,
& qui va fur les côtés jufqu'à la quatrième. Au fond de ce veftibule eft la porte

* Figure 13.

d'entrée , de figure carrée ; elle a 1 toise 4 pieds de largeur & 3 toises 4 pieds de hauteur ; elle est accompagnée de deux beaux pilastres. Au-deſſus de la corniche & au droit des pilastres , il y a deux longues pierres , taillées en manière d'architrave qui ſortent de chaque côté , & qui ſont percées à leur extrêmité par un trou carré , large de 10 pouces 6 lignes. On conjecture que ces pierres ſervoient à ſoutenir une porte qui s'ôtoit & ſe remettoit ſelon le beſoin. Un perron de douze marches regnoit dans toute l'étendue de la façade , & conduiſoit au Temple , qui étoit élevé de 5 pieds au-deſſus du rez-de chauſſée. Le deſſous ni le deſſus de l'édifice n'étoit point vouté. Le deſſous du portique l'étoit , & formoit un ſouterrein qui avoit ſon entrée du côté de l'Orient , & qui étoit éclairé par de petites ouvertures en abat-jour. Enſuite de ce ſouterrein commençoit une galerie , qui fervoit fans doute à l'écoulement des eaux pluviales. On a trouvé tout recemment à côté de cette galerie , un puits bâti par les Romains. Le deffus de tout l'édifice étoit de charpente recouvert par des dalles.

# V I l.

## *De l'Amphithéâtre.*

CET édifice *, le plus ancien de tous ceux de l'Antiquité dans ce genre , annonce combien cette Ville devoit être diftinguée des autres Colonies. Il eft formé d'une ellipfe parfaite. Son grand axe , qui va de l'Orient à l'Occident , eft de 67 toifes 3 pieds , y compris l'épaiffeur de la façade & fon petit axe de 52

* *Figuer* 15.

toifes 5 pieds , y compris la même épaiffeur. Son rez-de-chauffée eft un portique ouvert par 60 arcades , par lefquel-
les on entroit dans l'Amphithéâtre. L'é-
tage fupérieur terminé par un attique eft
compofé du même nombre d'arcades.
Parmi les 60 du rez - de - chauffée , on
doit diftinguer quatre portes principales ,
fur les quatre points Cardinaux du mon-
de. Celle du Septentrion eft couronnée
d'un fronton , au - deffous duquel font
deux taureaux en faillie , * qui peuvent
être le fymbole de l établiffement de la
Colonie , puifque l'on fait que c'étoit
avec la charrue que les Romains tra-
çoient l'enceinte de leur Ville.

Ce bâtiment eft d'ordre Tofcan irré-
gulier, approchant du Dorique. Il a 10
toifes 5 pieds 11 pouces de hauteur depuis le rez-de-chauffée jufqu'à l'attique.
Il eft aujourd'hui enterré de près de 2
toifes , par les décombres qu'ont fans

* *Figure* 18.

doute occasionnés les diverses révolutions que la Ville a éprouvées. Trente - deux rang de siéges regnoient à l'entour de l'intérieur de cet édifice : & servoient à y placer le spectateur , il n'en reste plus aujourd'hui que dix-sept dans les endroits les moins délabrés. On arrivoit à ces sieges par trois rangs de *Vomitoires* , qui étoient les extrêmités des escaliers qui partoient des portiques. Chaque rang de Vomitoires en avoit trente. Suivant le calcul fait , en donnant 20 pouces de place à chaque personne , ces siéges devoient contenir environ 17 mille personnes.

Au-dessus de l'attique , on trouve par distances égales , des consoles au nombre de 120 ; elles ont 18 pouces de saillie de largeur , & autant de hauteur. Elles sont percées dans le milieu d'un trou rond de 12 pouces de diametre , qui servoit, sans doute, à placer les poteaux des tentes destinées à couvrir les spectateurs.

fig. 15

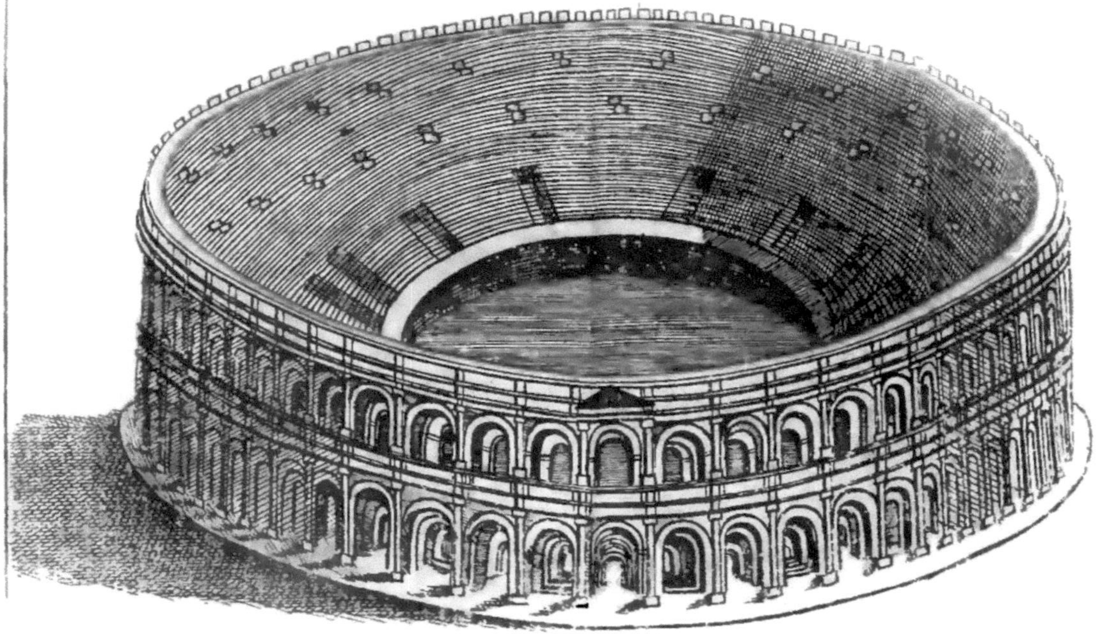

La principale partie de cet èdifice eſt bâtie ſans mortier, ni ciment. Les pierres ont 3 toiſes ou 18 pieds 2 pouces de long. Ces maſſes ſont étonnantes, & ont fait croire que les Romains avoient le ſecret de fondre la pierre. Mais à l'examen des carrieres de Barutel & de Roquemaliere, on reconnoît qu'elles en ont été tirées.

Chaque Ecrivain a eu ſon opinion ſur l'époque de la conſtruction de cet Amphithéâtre. Les uns l'ont rapporté à Agripa, mais eſt-il vraiſemblable qu'un tel édifice ait été bâti à Nîmes dans le tems qu'il n'y en avoit pas de pareil dans le reſe de l'Empire? pas à Rome même. D'autres l'ont attribué à l'Empereur Adrien; cette conjecture eſt dépouillée de toute probabilité. D'autres ont penſé qu'Antonin Pie avoit pu faire élever ce monument, dans la vue d'embellir & de favoriſer la patrie de ſon pere. Enfin, il y en a qui, en commentant cette idée , ont voulu que ce fût la Colonie, qui eût élevé cet Amphithéâtre sous les auspices de l'Empereur Antonin Pie. Je crois qu'il seroit difficile de donner une raison bien satisfaisante pour prouver que c'est Antonin seul, ou que c'est la Colonie favorisée par Antonin qui a fait bâtir cet édifice ; mais d'après les fortes probabilités que je donnerai en parlant du bas-relief de Rémus & Romulus , allaités par une louve , on ne doutera plus qu'il n'ait été construit sous le regne d'Antonin. Il y a eu aussi quelques discussions sur la destination de ce monument. Les uns en ont fait une *Naumacie* ; d'autres ne vouloient point que ce fût un Amphithéâtre. Lorsqu'on l'examine de près , on ne peut lui refuser ce titre ; & d'ailleurs le bas-relief des Gladiateurs sert à confirmer cette opinion.

VIII.

# VIII.

*Du Bas - relief , repréſentant Rémus &*
*Romulus allaités par une louve.*

SUR la façade d'un des pilaſtres qui
eſt près de la porte ſeptentrionale , l'on
voit une louve qui allaite deux enfants.
Gautier a prétendu que ce bas-relief n'a-
voit été placé , que pour rappeller
aux peuples la naiſſance des fondateurs
de Rome. M. Ménard a penſé que cette
figure , qui eſt effectivement l'hiſtoire de
l'enfance de Rémus & Romulus , eſt en
même-tems le ſymbole du droit de Ci-
toyen Romain accordé aux habitans de
Nîmes. Pour moi, je crois que ce n'eſt
là que l'embléme d'Antonin Pie ; ce qui
prouveroit que l'Amphithéâtre a été bâti
ſous le regne de ce Prince , & voici
mes raiſons.

D

Tous les Antiquaires favent que beaucoup de médailles frappées fous cet
Empereur, portent au revers une louve
qui allaite deux enfans. J'en ai vu deux
dans le cabinet de M. Boudon à Nîmes, qui portent, avec cette figure,
l'effigie d'Antonin Pie, & qui font de
deux coins différens. Addiffon dans fes
remarques fur l'Italie, dit * en avoir vu
de pareilles, & ajoute qu'il penfe qu'elles ont été frappées pour témoigner à
'Antonin que, par fon excellent gouver-
nement, le Sénat le regardoit comme
un fecond Fondateur de Rome. De toutes ces probabilités il paroît permis de
conclure que l'Amphithéâtre, que l'on
avoit jufqu'à préfent foupçonné avoir
été bâti par Antonin, l'a été effectivement fous le regne de cet Empereur,

*J have fince met with the fame figures on the reverfes of a
couple of ancient coins, which were ftamp'd in the Reign of
Antoninus Pius, as a compliment to that Imperor, whom for
his excellent government and conduct of the city of Rome, the
Senate regarded as a fecond kind of founder. Remarks on
Several parts of Italy, &c. By Mr. Addiffon Hague pag. 211

& que le bas-relief de la louve , qui
eſt ſon emblême ſur ſes médailles , doit
l'être auſſi ſur les monumens élevés
ſous ſes auſpices.

# I X.

## *Des Gladiateurs.*

Entre la porte de l'Amphithéâtre , dont le fronton eſt orné de
taureaux & le pilaſtre de la louve , ſur
un garde-fou du portique ſupérieur ,
on trouve le relief de deux Gladiateurs
* , qui marque la deſtination de l'édifice. Il y en avoit de ſemblables ſur
un autre garde-fou , mais le tems l'a
détruit.

* *Figure* 16.

# X.

## *Des Priapes.*

DEs figures de Phallus ou Priapes
font répandues fur l'Amphithéâtre.
Sur le pilaftre qui fuit le bas-relief de
la louve , * on en voit un triple aîlé
& à pied de cerf , qui porte une fon-
nete au cou & qui eft bequeté par des
oifeaux ou coqs. Sur un des pilaftres voifins de la porte occidentale , on voit
auffi un triple Priape ** furmonté par
une femme. Il y en a un double fur le
linteau d'un des Vomitoires du fecond
rang , du côté de la porte du midi ***.

Il feroit peut-être auffi ennuyeux qu'i-
nutile , de rapporter les différentes conjectures que l'on a formées fur ces figures fingulières. On fe bornera à donner
la plus vraifemblable , qui eft celle qui

*Figure 20.
** Figure 21.
*** Figure 19.

les rend le symbole de la population.

On doit remarquer ici en passant , que l'on trouve aussi sur le Pont du Gard un Priape , que le peuple croit être un lièvre couru par des chiens.

# X I.

## *De la Fontaine.*

LE premier but des ouvrages faits nouvellement à la Fontaine , a été d'empêcher ses eaux de se perdre , & de les distribuer avec plus d'utilité & d'abondance à la Ville ; mais comme en creusant dans les environs de la source on trouva des vestiges de bains antiques, le zèle des Citoyens s'échauffa ; ils songerent à rétablir les monumens de l'ancienne gloire de leur Ville. Chacun s'empressa de présenter des plans;

mais enfin la Cour décida , & M. Maréchal , Directeur des fortifications , fut nommé par Arrêt du Confeil pour préfider à l'exécution des projets qu'il avoit donnés. Il conferva beaucoup de chofes de l'antique , & y en ajouta beaucoup d'autres. Ce feroit paffer les bornes d'un abrégé , que de décrire la fituation des anciens bains qui n'exiftent plus ; & je crois fatisfaire affez le Voyageur , en lui faifant remarquer le rapport qu'a la décoration actuelle de cette Fontaine avec les bains des Romains.

La fource eft renfermée par une muraille faite fur la ligne de l'ancienne. Les efcaliers demi circulaires , par lefquels on y defcend , font auffi faits fur l'antique. L'efcalier à deux rampes , qui eft au-deffus de ces premiers , eft un ouvrage moderne. Le pont , par où les eaux de la fontaine s'écoulent dans le premier baffin , n'eft aujourd'hui qu'à deux arches ; l'ancien étoit à trois dans la même place. Une digue à l'entrée de ce pont, fervoit à retenir les eaux de la fource, & à les empêcher de pénétrer dans le premier baffin que par des ouvertures où étoient adaptés des tuyaux de plomb ; ces tuyaux aboutiffoient à des rigoles.

Le premier baffin, que l'on nomme mal-à-propos le nymphée, étoit la place deftinée aux bains. C'eft au même lieu de l'ancien qu'eft conftruit le grand ftibolate ou piédeftal qui porte la Statue. La. frife de ce ftibolate eft exactement copiée d'après l'ancien. Les chambres des anciens bains y ont été confervées, & l'on a mis au-devant d'elles une nouvelle file de colomnes qui foutiennent une corniche en faillie. Ce baffin qui, chez les Romains, n'avoit fans doute de l'eau que dans fes rigoles, en eft maintenant toujours rempli ; & les chambres demi circulaires, qui fervoient autrefois à placer des cuves pour les bains, ne fervent plus à rien aujourd'hui de maniere qu'un homme qui voit pour la première fois la Fontaine, & qui demande le but de ce baffin dans toutes fes parties, eft étonné qu'on lui réponde qu'il eft l'ornement d'une chofe dont les anciens fe fervoient, & que cependant il n'eft pas praticable pour le même ufage. Ce premier baffin verfe fes eaux dans un fecond, que l'on nomme communement baffin des Romains, & qui du temps des anciens bains fervoit de réfervoir. Il eft quarré, & a fix arceaux de chaque côté. Ceux du midi font feints ; ceux du nord fervent à l'entrée des eaux qui émanent du premier baffin ; ceux de l'orient & de l'occident donnent iffue aux mêmes eaux, qui vont remplir les deux canaux latéraux de la Fontaine. Le refte de cette promenade n'a aucun rapport avec ce que peuvent y avoir fait les Ro-

mains,

Apollon
S. Sculp.

mains, & fe voit affez par l'infpection de la planche.

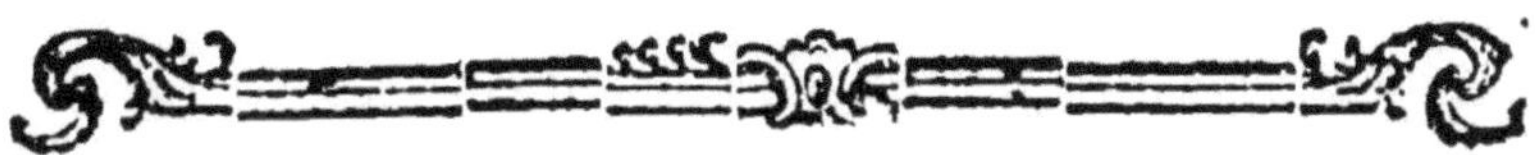

## XII.

*De la Statue de marbre , trouvée dans les ruines des bains.* *

C'EST un morceau d'antiquité pré-cieux par fa perfection. Dans l'état tronqué où eft actuellement cette Sta-tue , elle n'a que 3 pieds 8 pouces de hauteur. La tête a 11 pouces de haut ; & les épaules ont 1 pied 9 pouces de large. A fuivre les régles des proportions du deffin , elle devoit avoir 7 pieds , 4 pouces de long. Aux graces de la figure & de la chevelure , les connoiffeurs l'attribuent à Apollon.

* *Figure* 23.

E

## X I I I.

### *Des Pavés de mofaïque.*

L'ON en a trouvé dans plufieurs endroits de la Ville en faifant des exca-
vations. François Graverol en découvrit
un très-curieux en 1686    il repréfen-
toit une femme debout fur le bord d'u-
ne mer agitée ; à fes piends étoit un
petit chien & une torche flamboyante.
Cette femme , à ce que prétend M.
Menard , eft la Lune fous le nom de
la Déeffe *Nehalennia*. On voit encore
une autre forte de pavé à la mofaïque fur
les bords de la fource de la Fontaine :
on en a trouvé en formant l'avenue du
cours neuf. Il ne peut y avoir qu'un
fyftême fur ces pavés ; c'eft qu'ils fervoient à des édifices publics , ou à des
falles de bâtimens de particuliers diftin-
gués.         ,

# XIV.

## *Des Aigles.*

ON en voit cinq. Un dans la cour de l'Hôtel de Ville ; un au coin de la maison de M. Boschier ; deux dans la maison de M. de Massip ; & un au jardin de M. Menard à l'esplanade. Ils font tous fans tête ; ce qui eft attribué à la fureur des Vifigots, ou des autres barbares qui ont ravagé la Ville. Ils font admirablement bien fculpté, & fervoient fans doute d'ornement à quelque édifice public.

# X V.

## *De la Bafilique & du Temple de Plotine.*

D'Aprés le rapport de Spartien &
de Dion Caffius , on peut être fondé
à prétendre qu'Adrien fit élever à Nîmes
une Bafilique & un Temple en l'honneur
de Plotine à qui il devoit l'Empire. La
Bafilique fut conftruite au retour de l'ex-
pédition de la grande Bretagne , & le
Temple après la mort de Plotine. Par
les ruines d'un bâtiment confidérable ,
que l'on a trouvées dans le terrein où
le Palais du Préfidial eft aujorud'hui bâti , on conjecture que ce pouvoit bien
être là la place du premier de ces édifices ; mais alors rien n'indique la pofi-
tion du fecond. M. de Seguier penfe que
le Temple & la Bafilique ne font qu'un ;

qu'il ne faut prendre le mot Bafilique dans le paffage de *Spartien*, ( que d'ailleurs il regarde comme fort in-exact ) que comme exprimant un bâti-ment royal.

## XVI.

### *Du Temple d'Ifis & Serapis.*

EN parlant du Temple de Diane, j'ai rapporté un fragment d'infcription où l'on lit ces mots *Item dedicatione Templi Isis & Serapis.* La pierre qui por-toit cette infcription fut trouvée dans une vigne fur un côteau regardant le Tem-ple de Diane. Dans le même endroit des Vignerons découvrirent un puits, dans lequel ils trouverent des tronçons de Sta-tues de marbre blanc, la tête d'un Her-cule, & des corniches de marbre. Ils découvrirent anſſi des voutes qui alloient bien avant dans la terre , où l'on trouva cette inſcription *Hiſidi V. S. L. M.* c'eſt-à-dire , *Hiſidi votum ſolvit liberâ mente.* De toutes ces choſes n'eſt-on pas en droit de conclure qu'il y avoit dans ce lieu un Temple élevé en l'honneur d'Iſis & Serapis.

# XVII.

## *Du Temple d'Auguſte.*

DE s inſcriptions qui portent des noms de Sexvirs Auguſtaux & de Flaminiques Auguſtales , prouvent qu'Auguſte a reçu un culte dans cette Ville , comme dans le reſte de l'empire ; & que conſéquemment il y a eu un Temple élevé en ſon honneur. Par les morceaux de moſaïque , les ſtatues , les inſtrumens de facrifice , & la coupe d'un grand arc que l'on voyoit autrefois à l'endroit où la Cathédrale eft bâtie, on penfe que c'étoit-là le terrein qu'occupoit le Temple d'Augufte. On ajoute , pour foutenir cette conjecture , que l'on a trouvé dans ce terrein beaucoup de têtes de bélier & de cornes de taureaux , qui étoient les animaux que l'on offroit en facrifice à la Déeffe Cybele pour la fanté des Empereurs.

## X V I I I.

### *Du Temple d'Appollon.*

Vers le milieu du fiécle paffé , on découvrit dans l'ancienne enceinte de la Ville les débris d'un Temple , avec la tête d'une Statue coloffale qui répréfentoit un jeune homme , & qui avoit

une incision d'un pouce de profondeur
tout à l'entour du front. On n'a point
douté que ce ne fût la tête d'Apollon ,
que l'incision n'eût été faite pour placer
les rayons dont on ornoit la tête de ce
Dieu , & qu'enfin le Temple ne lui fût
dédié. Ce qui a confirmé cette opinion ,
est une inscription trouvée dans le siécle
passé : S. D. S. D. c'est-à-dire , *Soli Deo
sacrum dedicatum.*

# XIX.

*Du vieux Château de la Ville de Nîmes.*

GAUTIER a pensé , par les gros
blocs de pierres que l'on a tiré de cette forteresse , qu'elle avoit été bâtie par
les Romains. Il est certain , au moins ,
qu'elle existoit en 1156 , & que Charles
VI ne fit que la réparer. M. Menard ,

qui

qui croit auſſi que c'étoit un ouvrage
des Romains, en fait un Capitole, en
obſervant cependant, qu'il ne prétend
pas le rendre ſemblable à celui de Rome, qui, outre ſon objet de défenſe,
renfermoit encore un Temple dédié à
Jupiter.

## X X.

*Des Thermes.*

Du côté de la porte S. Antoine il y
avoit autrefois une rue appellée *rue des
vieilles étuves*, où l'on a trouvé des débris de bâtimens Romains, d'aqueducs
& de voutes. Lon a auſſi découvert non
loin de-là une pierre qui, vu ſa péſan-
teur, paroiſſoit n'avoir pu être tranſpor-
tée, & qui porte cette inſcription ; *M.
Agrippa L. F. C.* ... que l'on interprête

F.

ainfi *Marcus Agrippa Lucii filius curavit.*
De toutes ces chofes on conclut, avec de
fondement, qu'il y avoit dans ce lieu
des bains chauds, ou thermes, qui furent
conftruits par les foins d'Agrippa.

# X. X I.

## *Des Spherifteres.*

ON a trouvé près de l'ancienne Eglife
de St. Bauzile une pierre qui portoit
l'infcription fuivante :

> *Divi Augu....*
> *... Aerifteria D.....*

On a conçu que *Aerifteria* n'étoit
qu'une partie du mot *Spha-rifteria* ; &
l'on a conclu de là que les Romains
avoient autrefois à Nîmes des Sphérifteres
ou jeux de paume couverts.

# XXII.

## *Du Champ de Mars.*

LA Charte de Raimond V, par laquelle il permet aux habitans de Nîmes de se clore de murailles, nous indique qu'il y avoit autrefois dans cette Ville un lieu appellé, *le Champ de Mars*. Il est aujourd'hui fort peu intéressant de savoir où il étoit situé : mais par cette Charte & par d'autres renseignemens, on conjecture qu'il s'étendoit depuis la riviere du Vistre jusqu'au milieu de l'intervalle qui est entre le chemin de Montpellier & celui de St. Gilles, en venant joindre les murs voisins de l'Amphithéâtre.

# X X I I I.

*Du Pavé de Mofaïque trouvé à Nîmes.*

LEs Romains décoroient leurs appartements de pavés de Mofaïque , & Nîmes eſt la ville qui en offre plus que
toutes celles de leur domination. On a
découvert des morceaux qui annoncent
la plus grande magnificence. Les cubes
de ces Mofaïques font de marbre , quelquefois de pierre de différentes couleurs ;
ils font pofés fur un ciment très-fin ,
compofé de pierres , de briques , de
marbre même pulvérifés & bien liés,
avec de la chaux ; la plûpart de ces
Pavés trouvés à Nîmes, n'excedent pas
la grandeur de deux toifes.

1°. Pavé de couleur blanche , noire &
rougeâtre qui n'exifte plus ; il repréfen-

toit fur le rivage d'une mer agitée, la figure d'une femme debout, vêtue d'une longue robe qui ne laiſſe voir que les pieds. Auprès d'elle & fur une même baſe étoit un petit chien qui paroît aſſis & qui la regarde ; un peu plus bas, on voit une petite branche couchée, faite en forme de torche flamboyante ; comme la Moſaïque étoit fort dégradée dans ſes extrêmités, cette femme ne paroiſ-foit qu'à demi.

2°. Fragment de Moſaïque dont les cubes étoient de marbre blanc, noir & rouge, poſés fur un mortier extrême-ment dur ; ils n'offroient que de ſimples ornements ; les uns en entrelac, les au-tres à épics, & une bordure uniforme, ce qui prouve qu'ils appartenoient à une même ſalle.

3°. Autre pavé dont les piéces em-bigues, toutes chargées de différentes nuances, ſe joignent ſi parfaitement en-ſemble, qu'elles imitent toutes les graces & la varieté de la peinture. L'ouvrage eft divifé en neuf compartiments de forme octogone , dont cinq font chargés de figures , favoir : celui du milieu & ceux des angles ; les quatre autres font fimplement ornés de feuilles en entrelac , avec une fleur au centre ; le compartiment du milieu repréfente un homme vêtu de verd , conduifant un char attelé de deux chevaux qui courent avec une exrême vîteffe. Les deux compartiments au deffous & au deffus de cette figure contiennent chacun la repréfentation d'un bufte coiffé d'une manière différente.

4°. Autre Pavé , dont le travail étoit commun , fans figure , ni fleurs , ni feuillages , & n'offrant qu'une infcription grecque prefque effacée par le temps.

5° Il y avoit anciennement un trés-beau Pavé de Mofaïque dans l'églife cathédrale de Nîmes , qui repré entoit des oifeaux , & autres animaux , des arbres de différentes figures ; ce Pavé périt lorſque les religionnaires détruiſirent le reſte de l'édifice.

6°. Autre Pavé de Moſaïque, qui a pour bordure un entre-lac, & à un des coins un trident. Les cubes ſont de différentes couleurs.

7°. Autre Pavé de Moſaïque * découvert en 1785 dans le jardin de M. le Gouverneur. Il eſt de figure carrée, ſon contour eſt orné d'une grecque en entrelacs ſerrés, fermée par quatre rubans de couleur rouge, jaune, blanche & noire, des petits cailloux blancs rempliſſent le milieu de l'entrelac & le vide des côtés ; ce ſont comme autant de perles qui frappent agréablement la vue ; cette grecque eſt embellie par des moulures de diverſes couleurs.

Dans l'intérieur on a décrit pluſieurs cercles ; entre le cercle ſupérieur & les

____

* Figure 10.

moulures inférieures , il y a un affez
grand intervalle formant quatre angles :
dans l'un de ces angles , on voit une
galère romaine à un feul rang de ra-
mes , où l'on remarque le roftrum avec
trois rameurs. Dans le fecond , on dé-
couvre deux gros dauphins en fautoir,
celui de la gauche femble pourfuivre un
autre petit poiffon de même efpéce ;
il eft prefque tout noir , tandis que celui de la droite eft de couleur rouge ;
le troifiéme angle contient deux oifeaux
aquatiques , dont l'un eft baiffé , & l'autre eft droit   les aîles déployées ; ils
ont chacun le bec ouvert , & paroif-
fent vouloir fe béqueter ; ils font nuan-
cés de diverfes couleurs ; enfin , dans le
quatrième angle font placés auffi en fautoir deux poiffons de riviere , ils font
de plufieurs couleurs ; cette Galere , ces
Poiffons, ces Oifeaux dans une Mofaïque dont le fond eft un vert d'eau. Nous
avons dit ci-devant , qu'il y avoit plufieurs

fieurs cercles dans ce pavé. Dans l'en-
tre-deux de ces cercles , on voit tren-
te-une volutes arrondies , qui , fe fuc-
cedant les unes aux autres , en parcou-
rent toute la circonférence ; elles font
placées à égales diftances & parfaitement
bien rangées. Le cercle inférieur eft divifé en feize points ; il contient une ef-
pece de figure femblable à peu près à
une pomme de pin ouverte ; toutes les
feuilles partent du centre ; les grandes
aboutiffent à d'autres points inférieurs ;
les petites en font de même , & ainfi des
uns aux autres , en fe retreciffant du
côté du centre par gradation ; ces feuilles au nombre de 128 fe croifent enfem-
ble , & forment un deffin fingulier &
unique dans ce genre.

Le centre eft orné d'une relace de
plufieurs couleurs ; nous ajouterons enfin que ce Pavé eft précédé de plufieurs
autres faits à grands carreaux de diverfes formes , & qui ne méritent pas l'at-
tention des curieux.

Les quatre emblêmes qui font dans les angles dont nous avons parlé , feroient prefque préfumer que ce Pavé a dû faire partie du fanctuaire d'un temple confacré à Neptune. Mais nous fufpendons notre jugement ; & nous attendons que l'Académie Royale de cette Ville , qui ne fe décide jamais qu'après un mûr examen , & juge toujours avec pleine connoiffance de caufe , nous indique fa véritable deftination.

Ce Pavé a été gravé avec le plus grand foin par un * habile Artifte fur le deffin du Sr. BANCAL , Géomettre & Architecte de la ville de Nîmes , qui a eu l'honneur de le préfenter à M. de Périgord , Commandant en chef dans la province de Languedoc , & à Mgr. l'Archevêque de Narbonne , Préfident-né des Etats , & à plufieurs autres perfonnes de diftinction. On a exprimé dans cette gravure la vraie taille des petits

* J. B. GUIBERT , fils.

cailloux & la maniere dont ils font
pofés ils forment comme dans l'ori-
ginal plufieurs triangles les uns dans les
autres. Ainfi les planches où cet ordre
ne fera pas obfervé, doivent être rejet-
tées comme infideles & défectueufes.

## FIN.

# TABLE.